D1734321

sommer-wind-verlag

Bücher und CDs mit Herz für Groß und Klein

Angela Maria Körner-Armbruster

Oma Lenes langer Abschied
Eine Familie erlebt die Bitterkeit der Demenz

sommer-wind-verlag

ISBN 978-3-9812989-0-1

Erste Auflage 2009
© 2009 sommer-wind-verlag Körner-Armbruster

Dieses Buch wurde auf chlorfrei gebleichtem, säurefreiem Papier gedruckt
Printed in Germany

RetschDruck e. K.
Inhaber: Florian Retsch, Leibnizstr. 1, 72202 Nagold

Zur Erinnerung an

Oma Anne

Oma Lucie

Opa Karl

und als Dank an

Opa Theo

Liebe Kinder!

Hier steht kein Inhaltsverzeichnis – hier steht ein Brief von mir für euch.

Dies ist ein Buch mit extra großen Buchstaben. Ihr könnt es alleine lesen oder mit euren Eltern und Großeltern. Ihr könnt euch auch gegenseitig daraus vorlesen.

Unsere Omas heißen Anne und Lucie und beide haben Alzheimer gehabt und beide sind nun gestorben.

Ich habe also Vieles aus der Geschichte selbst erlebt. Das Meiste haben mir jedoch andere Familien erzählt.

Oma Lene ist nun ein Puzzle aus vielen Omas und deshalb kann uns dieses Buch bei unserer Traurigkeit helfen.

Das Leben ist nicht immer leicht, es gibt für jeden von uns auch Tage mit Tränen. Doch wenn wir uns gegenseitig verstehen lernen und trösten können, werden wir das Leben trotzdem schön finden.

Das meint Eure

Angela

Hier ist Platz für ein Bild von Euren Großeltern!

1. Kapitel
Das Gleiche ist nicht das Selbe

„Nein!" ruft Oma Lene laut und zornig.

Mit glänzenden Augen starrt sie Mama an und wirft mit einer blitzschnellen Bewegung den Teller mit dem Gemüse vom Tisch.

Mama bleibt ganz still sitzen. Ich hab sie einmal gefragt, warum sie sich nicht aufregt, nicht schimpft oder tobt.

„Ich rege mich auf. Ich rege mich sogar sehr auf. Und ich würde gerne schimpfen oder toben. Aber ich habe gelernt, nichts zu sagen. Es würde doch überhaupt nichts ändern!"

Nein, es ändert nichts. Das habe sogar ich schon begriffen. Ich, Lisa. Ich bin jetzt zehn und eine große Schwester. Die große Schwester von Benni. Der ist erst vier. Wenn er den Teller vom Tisch wirft, kriegt er Schimpfe. Das versteht er nicht. Ich verstehe es. Benny hat nämlich nur Trotz. Oma hat Alzheimer. Da ist das etwas ganz anderes.

Die Erwachsenen sagen: „Ach ist das schlimm!" und „Ach ist das traurig!" Kinder finden es meistens spannend bei uns. Oder sie erschrecken. Ich finde es nicht mehr spannend. Aber ich erschrecke immer wieder.

Denn wenn Oma Lene solche Dinge tut, kommt das meist ganz plötzlich. Zuvor sitzt sie still da, lächelt

vielleicht und tut eigentlich nichts. Und plötzlich schreit sie los, wirft was um. Natürlich erschrickt da jeder. Nur Mama nicht. „Weißt du, ich rechne eigentlich immer damit - dann trifft es mich nicht so hart."
Auch wenn sie cool tut - ich sehe, dass ihre Augen ganz feucht sind von Tränen. Ich weiß, dass sie vor uns Kindern nicht zu oft weinen will. Manchmal weint sie schon, und dann nehmen wir sie in den Arm und trösten sie. Wir geben ihr Küsse und streicheln sie, weil Mütter auch mal Trost brauchen. Vor allem, wenn ihre eigenen Mütter so merkwürdig geworden sind.
Dann kocht sich Mama einen schönen Tee. Das heißt, sie möchte gern zu Ende weinen und ein wenig Pause haben. Wenn Oma Lene in dieser Zeit Sachen wirft, hebe ich sie wieder auf.
Kostbare Sachen stehen bei uns schon lange nicht mehr rum. Zuerst war ich klein. Dann war Benni klein. Und nun ist Oma - ja, irgendwie ist sie auch klein. So wie Benny es nicht verstanden hat, dass man die Blumenerde im Wohnzimmer nicht in Sandförmchen füllen darf, so versteht es Oma Lene nun nicht mehr.
Fremde Leute finden das vielleicht verrückt. Oder witzig. Ich hab mich irgendwie dran gewöhnt, dass sie solche Sachen macht. Manchmal ahne ich es schon voraus. Dann versuche ich sie abzulenken.
Ich halte ihr rasch einen Keks hin. Oma Lene liebt Kekse. Oma Lene liebt Schokolade. Na ja, wenn ich ehrlich bin, liebt sie alles Essen. Alles außer ge-

kochtem Gemüse. Nur - wenn wir den kleinen Trick mit der Schokolade zu oft anwenden, hat sie bei Tisch keinen Hunger mehr. Genau wie Benni, der auch gerne nebenbei nascht.

Ich weiß, dass kleine Brüder schwierig sein können, aber Benni begreift vieles besser als Oma Lene – dafür kann Oma Lene viel lauter schreien als Benni.

Wenn Benni losbrüllt, wird Mama zornig. Wenn Oma losbrüllt, wird Mama traurig.

Wenn Benni dummes Zeug macht, wird er geschimpft und weint. Wenn Oma dummes Zeug macht, schimpft niemand und Mama weint.

Wenn man Benni was erklärt, begreift er es. Wenn man Oma was erklärt, begreift sie ganz bestimmt nicht.

So ist es bei uns daheim. Und weil ich mit niemand wirklich drüber reden kann, verrate ich euch meine beiden großen Geheimnisse.

Das Erste betrifft mich.

Es macht mich manchmal traurig, aber ich will nichts davon sagen, damit es nicht so klingt, als wäre ich unvernünftig. Ganz ehrlich: an manchen Tagen hab ich es wirklich satt, die „Große" zu sein. Da fühl ich mich ganz klein und möchte nicht unter meiner Bettdecke vorkommen. Da möchte ich bei einem Riesen auf dem Arm kuscheln und nicht vernünftig und groß und verständnisvoll sein. Da möchte ich alles Traurige in unserer Familie für ein Stunde vergessen.

Das zweite Geheimnis betrifft uns alle.
Es nimmt einem manchmal den Mut und die Kraft und den Atem und die Freude. Es ist so schrecklich, dass ich noch nie gewagt habe, es laut auszusprechen: Mit Benni wird es jede Woche besser. Mit Oma wird es jede Woche schlechter. Und nie wieder besser. Und wie soll das weiter gehen?

2. Kapitel
Opa-Tag

Oma hat auch einen Mann. Das ist Opa. Opa heißt Walter. Wahrscheinlich fragt ihr euch, weshalb Oma bei uns wohnt und Opa in seiner Wohnung.

Das hängt nicht damit zusammen, dass sie geschieden sind, das hängt mit Omas Krankheit zusammen. Opa hatte einfach nicht mehr die Kraft, sich um Oma zu kümmern.

Bis er sie morgens aus dem Bett geholt, gewaschen und angezogen hatte, war er fix und fertig. Dann musste er heftig atmen und erst mal in seinen Lehnstuhl sitzen, so müde war er. Oma war allerdings kein bisschen müde.

Sie lief durch die Wohnung und arbeitete. Zumindest nannte sie es arbeiten. Sie goss die Milch der Katze in ihr eigenes Müslischälchen. Sie warf die Zeitung in den Müll. Sie machte überall das Wasser an.

Bis Opa durchgeschnauft hatte, herrschte in der kleinen Wohnung ein ziemliches Durcheinander. Darin war Oma superschnell. Sollte sie aber ihre Zähne putzen, ihr Müsli essen oder mit Opa spazieren gehen, war sie superlangsam.

Ihr könnt euch denken, dass Oma auch nicht mehr abspülen oder die Waschmaschine anstellen konnte. Sogar einfache Aufgaben wie Blumen gießen oder den Müll raustragen waren zu schwierig für sie.

Also musste Opa alle Arbeit alleine machen, die sie bisher zu zweit getan hatten. Und dazu kam Omas Arbeit. Na ja, das was sie Arbeit nennt. Während Opa für das Mittagessen sorgte, musste er zehn mal wegrennen um nach Oma zu schauen. Immer fiel ihr etwas Neues ein.

Und irgendwann kippte Opa einfach um. Sein Herz war zu schwach. Mama sagt, seine Nerven auch. Und da lag er nun. Mitten im Garten. Wir gut, dass der Nachbar gerade seinen Rasen mähte und sofort den Rettungswagen rief. Opa kam ins Krankenhaus. Oma kam zu uns. Auf Besuch.

Doch der Arzt sah sehr ernst aus als er sagte: „So kann das nicht mehr weiter gehen. Sie müssen eine Lösung finden."

Mama und Papa sprachen bis spät in die Nacht mit ernsten Gesichtern im Wohnzimmer. Ich weiß das, weil ich zwei mal durch die angelehnte Tür schaute.

Der nächste Tag war ein Sonntag. Beim Frühstück sprachen wir über Omas neues Leben. So nennt Mama es. Wir redeten so lange, bis es schon wieder Zeit fürs Mittagessen war. Mama erklärte uns genau, wie die Tage in Zukunft bei uns aussehen würden. Wir Kinder schrieben auf eine Liste, was wir helfen wollten. Benni malte Bilder, weil er noch nicht lesen kann.

Und so ist Oma nicht mehr der Besuch. Oma wohnt jetzt bei uns. Und Opa kommt zu Besuch. Er ist ein wenig dicker geworden und lange nicht mehr so blass um die Nase. Er ist auch nicht mehr umgekippt. Wenn er zu Besuch kommt, geht er mit Oma ein wenig spazieren. „Er muss auch mit ihr alleine sein dürfen", sagt Mama. „Er möchte ihre Hand halten und ihr einen Kuss geben, ohne dass wir zuschauen."

Benni und ich decken den Kaffeetisch bis die beiden zurückkommen. Jedes mal hat Opa etwas Feines vom Bäcker dabei. Wir zünden Kerzen an und stellen Blumen auf den Tisch. „Es soll ein kleines Fest sein!" wünscht sich Mama.

Danach lassen wir Oma und Opa alleine. Manchmal machen wir Besorgungen. Manchmal geht Mama auch alleine weg. Denn seit Oma bei uns wohnt, kann sie das nicht mehr. Oma und Opa halten sich an den Händen. Oma spricht nicht mehr viel. Wenn sie etwas sagt, verstehen wir es nicht. Es sind nur einzelne Wörter, die keinen Sinn ergeben. Es klingt so, als ob Oma nur noch die Überschriften zu einer Geschichte weiß und den Rest vergessen hat.

Sie schauen Fotoalben an, in denen Bilder von uns allen sind. Oma schaut alle Bilder lange an. Bei manchen lacht sie, als ob sie sich an den Tag erinnert, an dem da Foto geknipst wurde. Dann freut sich Opa. Manchmal weiß sie auch unsere Namen. Dann freut sich Opa noch mehr. Und an ganz seltenen Tagen legt sie ihm die Hand an die Wange und sagt leise: „Ach Walter!" Dann ist Opa glücklich.

3. Kapitel
Wie alles begann

Hat es damit angefangen, dass Oma mitten im Gespräch ein Loch in die Luft starrte? Oder damit, dass sie ohne Schuhe aus dem Haus ging? Oder damit, dass ihr plötzlich mein Name nicht mehr einfiel? Vielleicht war es auch der Tag, an dem sie das erste Mal bei dem Wort Oma das „M" vergessen hat.

Der Arzt hat Mama erklärt, dass die Krankheit schon viel früher in ihrem Kopf war.

Dass die kleinen Nervenzellen und Verbindungen ganz langsam kaputt gehen. Mama macht sich nämlich Vorwürfe. Sie sagt: „Wir hätten das doch merken müssen. Dann hätten wir gleich zum Arzt gehen können. Mit einer supertollen Medizin wäre Oma bestimmt wieder gesund geworden."

Der Arzt tröstet Mama und sagt ihr, dass es am Anfang immer so aussieht, dass man schmunzelt und sagt: „Oma, ich glaub du wirst langsam alt." Weil man weiß, dass ältere Menschen vergesslich werden, nimmt man es gar nicht so ernst. Der Arzt sagt auch, dass es diese supertolle Medizin leider nicht gibt. Dass die noch niemand erfunden hat. Alzheimer kann man nicht heilen. Man kann die Krankheit nur langsamer machen.

Mama macht sich trotzdem Vorwürfe.

Dann kam der Tag, an dem Oma sagte: „Ich habe Angst. Angst aus dem Haus zu gehen. Angst fremde

Menschen zu treffen. Angst vor den Autos. Angst vor meinen Träumen. Angst vor dem, was in meinem Kopf ist." An diesem Tag war es eigentlich schon zu spät.

Viele Wochen hat Oma geweint, weil sie gemerkt hat, dass mit ihr etwas nicht in Ordnung ist. Das war eine schlimme Zeit für sie und für uns alle. Wir hatten so großes Mitleid mit ihr und konnten ihr doch nicht helfen.

Dann hörte ihre Angst auf. Sie weinte nicht mehr. Sie saß nur stumm da und starrte ihre Löcher. Und jeden Tag verlernte sie etwas. So wie Benni jeden Tag etwas Neues dazu lernte, ging bei Oma etwas verloren. Sie konnte die Schuhe nicht mehr binden und den Türschlüssel nicht mehr umdrehen. Sie aß die Pommes mit den Fingern und konnte sich nicht mehr kämmen.

Und dann kam der schreckliche Tag, an dem Opa sagte: „Lene, komm, wir gehen spazieren" und Oma schaute sich suchend um. „Wer ist Lene?" fragte sie. Könnt ihr euch vorstellen, wie sehr ich abends in meinem Bett geweint habe über meine Oma, die nicht mehr weiß, wer sie ist? Ich war damals noch neun Jahre alt, aber ich wusste ganz tief innen in meinem traurigen Herzen: das wird nie wieder gut.

Es war so schlimm für mich. Immerzu musste ich denken: „Meine Oma weiß nicht mehr, dass sie meine Oma ist." Und es war ein wenig so, als ob sie wirklich nicht mehr meine Oma wäre. Eine fremde Frau. Sie lächelt, sie sitzt bei uns, sie nimmt auf dem Spaziergang meine Hand. Aber sie weiß nicht, dass ich Lisa bin. Sie lächelt mit jedem und sie gibt jedem die Hand.

An einem Mittwoch war unsere ganze Familie bei dem Arzt in der Klinik eingeladen. Er war sehr geduldig und beantwortete alle unsere Fragen. Er erklärte uns alles, was uns Sorgen machte. Und er schwindelte uns nicht an.

Er sagte nicht: „Das wird schon wieder." Er sagte sehr ernst: „Sie wissen, dass es immer schlimmer wird." Er sagte auch nicht: „Sie schaffen das schon." Er sagte ganz ehrlich: „Das wird eine schwere Zeit für Ihre Familie!"

Und er sagte: „Diese Krankheit ist ein langer Abschied von jemand, den Sie ihr ganzes Leben sehr lieb gehabt haben. Das tut weh. Genießen Sie deshalb alle schönen Momente, die es immer wieder gibt. Erzählen Sie sich von früher. Schauen Sie Fotos und Videos an. In dieser fremden Frau steckt tief innen Ihre Frau, Ihre Mutter, Ihre Oma. Sie ist immer noch da – Sie können sie nur nicht mehr gut sehen."

4. Kapitel
Benni erinnert sich

Benni ist vier Jahre alt. Das ist schon ziemlich groß. Seit zwei Wochen kann er ohne Stützräder fahren. Das können nur große Jungs. Und Benni kann etwas, was die Jungs aus der Schule nicht können: er kann im Park den Rollstuhl von Oma schieben und er kann sie füttern und ihr Bilderbücher vorlesen. Die ohne Text. Früher, als Benni noch klein war, so zwei Jahre vielleicht, da hat Oma ihm vorgelesen. Mit Text sogar. Da hat Oma seinen Kinderwagen geschoben und ihm geduldig gezeigt, wie er die Pedale am Dreirad treten muss. Sie hat ihn an der Hand gehalten und an der Ampel gesagt: „Grün heißt gehn!" Jetzt steht Benni mit Oma an der Ampel und ruft entsetzt: „Oma, rot heißt doch stehn!"

Benni erinnert sich noch an die tollen Bauklotztürme, die Oma für ihn gebaut hatte. Ganz still saß er da, bis sie höher als er selbst war - dann durfte er sie umschubsen. Letzte Weihnachten hat Oma Lene noch Lebkuchen gebacken und ein Häuschen für Benni draus gemacht. Mit Zuckerguss waren Schokosterne draufgeklebt. Im Sommer hat ihn Oma immer ins Planschbecken im Garten gehoben und mit der Quietschente nass gespritzt.

Von Oma hat er auch gelernt, wie man bis zehn zählt. Und wie man den Kassettenrekorder anmacht. Wie man die Handschuhe nicht verwechselt. Oma Lene wusste viel mehr Schlaflieder als Mama und sie konnte das lange Gebet von den vierzehn Englein auswendig. Für Marmorkuchen musste sie nicht extra ins Backbuch schauen und wenn Benni eine neue Pferdeleine brauchte, konnte er zum Oma Lene gehen. Im Handumdrehn flocht sie ihm aus roter und blauer Wolle eine neue Leine und Benni konnte wieder galoppieren.

Auf Omas Schoß wurde er so oft getröstet. Und Oma kaufte immer die Pflaster mit Bild aus der Apotheke. Nicht die billigen aus dem Drogeriemarkt. Oma hatte seine Lieblingskekse in der Geheimschublade. Oma hatte auch Kaugummis mit Bildchen. Und Hustenbonbons, wenn man gar keinen Husten hatte. Oma musste nie telefonieren, einkaufen oder bügeln. Oma hatte immer Zeit.

Oma Lene erzählte ihm auch Geschichten von früher. Als Mama noch ein Kind war und nicht ins Bett wollte. Als Onkel Peter die Hühner vom Nachbarn befreite und als das Eis noch zehn Pfennig kostete. Pfennig. Und Mark. Benni kennt nur den Euro.

Oma wusste so viel. Und Benni so wenig. Und nun? Benni erinnert sich an so viel. Oma erinnert sich an fast gar nichts mehr. Alles, was Benni von Oma gelernt hat, kann er nun wieder für sie tun. Handschuhe anziehen, Geschichten erzählen, trösten. Vor Allem trösten.

5. Kapitel
Lisa erinnert sich

Oma ist in ihrem Schaukelstuhl eingeschlafen. Wie ein kleines Kind hat sie Lisas Teddy im Arm. Sie lächelt ein wenig. Lisa atmet tief durch und schreibt an ihrem Aufsatz über Frühlingsblumen weiter. Sie schreibt auch über Gänseblümchen. Plötzlich steigen ihr die Tränen in die Augen und sie schaut wieder zur schlafenden Großmutter hinüber.

Sie erinnert sich an eine winzige Vase, die sie im Kindergarten aus Ton geformt und glasiert hatte. Die Öffnung war nur so groß wie ihr kleiner Finger. Diese Vase hatte sie ihrer Oma geschenkt für die vielen Gänseblümchen im Garten. Und fast das ganze Jahr über standen welche drin. Oma hatte es bis zur ihrer Krankheit keinen Tag versäumt, rasch im Garten vier oder fünf Blüten zu pflücken. Meist gab es bis zum November welche. Und nun? Lisa läuft zum Telefon und ruft Opa an, dass er sie bei seinem nächsten Besuch mitbringen soll.

Plötzlich ist der Aufsatz vergessen, weil sich Lisa an so Vieles erinnert. Wie stolz war sie, als Oma ihr Häkeln gezeigt hatte und eine kleine Decke fürs Puppenhaus entstanden war. Im Advent lernte Lisa Plätzchen backen, an Ostern durfte sie mit Zwiebelschalen und bunten Blütenblättern Eier färben.

Bei Oma nähte sie ihren ersten Knopf an und sie hatte immer niedliche Päckchen im Kaufladen und in ihrem Garten konnte man sonnenwarme Beeren vom Strauch pflücken. Sie nannte die Schmetterlinge beim Namen und konnte witzige Kastanientiere basteln.

Oma Lene hatte nie etwas dagegen, wenn Lisa Brotteig kneten wollte und in der großen Schachtel mit den Stoffresten wühlten beide mit großer Begeisterung, um dann für Lisas Barbie eine Jacke zu nähen.

Im Wald sang Oma die schönsten Wanderlieder und hinter jedem Stein, unter jeden dicken Baumwurzel wohnten Zwerge, von denen sie Wundersames zu erzählen wusste. Oma erzählte auch von Mama, die nicht gerne Haferflockenbrei essen wollte und ihn deshalb in die Toilette spuckte.

Oma Lene hatte auch nach dem zehnten Bilderbuch noch keine Halsschmerzen und baute aus alten Wolldecken unter dem Wohnzimmertisch eine Höhle, die man abends nicht wegräumen musste.

Manchmal erzählte Oma vom Krieg, vom Hunger und von langen Wanderungen durch den dunklen Wald bis zu einem Bauern, der den Kindern Brot schenkte. Oma hatte sich sogar ohne Spritze einen Zahn ziehen lassen.

Und nun? Lisa hat von Oma so vieles gelernt. Schluchzend nimmt sie sich vor, das alles nie zu vergessen und streicht der schlafenden Oma sanft über die Wange.

6. Kapitel
Mama erinnert sich

Langsam, Schritt für Schritt führt Mama ihre Mutter durch den Park. Eine halbe Stunde brauchen sie von Bank zu Bank. Ständig bleibt Oma Lene stehen. Sie vergisst einfach, den nächsten Schritt zu machen. Oder sie fängt an, etwas zu erzählen. Und weil sie nicht gleichzeitig laufen und erzählen kann, bleibt sie wieder stehen. Dann erschreckt sie sich an einem vorbeifahrenden Rad oder schaut fünf Minuten lang die bunten Blumen an.

Mama ist es egal, wie schnell oder langsam sie vorankommen. Wie lang kann Oma überhaupt noch gehen? Wann wird sie teilnahmslos im Bett liegen? Mama macht sich nichts vor, sie ist auf alles gefasst, was sich im Leben mit Oma verändern kann.

Sie mag dieses „Spazierenstehen" wie sie es nennt. „Es erinnert mich an früher, als Ihr noch klein wart" sagt sie zu Lisa und Benni. „Da kamen wir auch niemals voran". Und es erinnert sie an ihre eigene Kindheit. Als sie noch nicht 35 Jahre alt war, sondern fünf Jahre. Als sie Kniestrümpfe und herrliche, fürchterlich teure Lackschuhe anhatte. Und immer ein Pflaster auf dem Knie.

Ohne Arbeit und ohne Gespräche wandern Mamas Gedanken in die Vergangenheit. An so manchem Kampf mit Oma Lene, die damals noch nicht Oma war, nur

Mutter. Dass sie nicht montags ins Kino durfte, weil sie für Schule ausgeschlafen sein sollte. Dass ihre Mutter von Lidschatten und Nagellack nicht begeistert war und keine Poster an den Wänden haben wollte. Dass sie immer langweilige Verwandtenbesuche mit den Eltern machen musste. Aber auch - und das viel mehr - an viele schöne Stunden in der Familie.

An stundenlanges Monopolyspiel und Weihnachts-basteleien. An Bergwanderungen, auf denen sie Gämsen und Gletscher kennen lernte. An schreckliche Gewitter, bei denen sie zu ihrer Mutter ins Bett kroch. An eine misslungene Geburtstagstorte, bei der sie Zucker und Salz verwechselt hatte.

An so viele Hausaufgaben und ans Vokabeln-abfragen. An Handarbeiten für die Schule, bei denen die Mutter stets geduldig half. An gemütliche Stunden mit einer Tasse heißer Schokolade und gemeinsamen Zukunfts-plänen.

An Mutters tröstende Arme beim ersten Liebes-kummer. An Mutters Verständnis, wenn die launische Freundin wieder mal „Schluss" gemacht hatte. An Mutters Hand auf der heißen Fieberstirn.

In acht Fotoalben kann sie dieses Mutter-Kind-Leben nachschlagen. Unter dem Tannenbaum mit der heiß ersehnten Puppe oder mit dem neuen Roller - und natürlich mit einem Pflaster!

Mit der Schultüte und den ersten gelungenen Schwimmzügen. Bei einem Picknick zwischen Sonnenblumen und Hand in Hand vor einem Sonnenuntergang am Meer. Im Abendkleid beim Tanzkursfest. Im Brautkleid bei der Hochzeit mit Papa. Und irgendwann mit dem ersten Baby, dem Enkelkind.

Ein ganzes Leben! Immer war ihre Mutter da gewesen, wenn sie Hilfe gebraucht hatte, immer hatte sie einen guten Rat. Und nun braucht due Mutter die Hilfe.

Nun ist sie selbst diejenige, die stark sein und Hilfe geben musste. Auf diesen Spaziergängen kann Mama über das Leben nachdenken. Manchmal macht es sie froh, manchmal wird sie traurig dabei. Doch immer ist sie dankbar für alles gemeinsam Erlebte.

7. Kapitel
Papa erinnert sich

Petra ruft aufgeregt auf Manfreds Handy an: „Bitte, komm rasch, ich brauche dich! Mama ist gestürzt und mir fehlt einfach die Kraft, sie aufzuheben." Weil die Nachbarn in Urlaub sind und keiner da ist, der in solche einer Notsituation helfen kann, springt Manfred ins Auto und fährt heim in den Amselweg. Sein Kollege verkauft so lange alleine Bücher.

Als er später in die Buchhandlung zurückkommt, meint dieser mitfühlend: „Ach Manfred, das ist doch einfach schlimm mit eurer Oma."

Manfred überlegt ein wenig, dann antwortet er: „Eigentlich nicht. Weißt du, schlimm wäre es, wenn wir uns belügen würden oder mit der Situation nicht zurecht kämen. Unser Leben ist einfach anders geworden. Mit neuen Problemen, aber auch mit neuen Gedanken. Es tut uns auch gut, dass wir als Familie gebraucht werden, dass wir diese Aufgaben gemeinsamen anpacken. Dass wir spüren: wir sind nicht alleine."

Und weil es gerade ruhig ist und nur wenige Kunden da sind, erzählt er ein wenig von früher: „Ich kenne Lene jetzt zwölf Jahre. Es war immer schön. Sie hat mich von Anfang an gern gehabt. Sie war nicht streng zu mir und hat mich ausgefragt, weil ich in ihre Tochter verliebt war.

Sie hat mir vertraut, hat mich nicht als Schwiegersohn, sondern als Sohn behandelt. Sie war immer da, wenn wir sie brauchten, aber sie hat sich uns nicht aufgedrängt. Sie hat nicht alles besser gewusst, wir durften unser eigenes Leben aufbauen.

Als wir wenig Geld hatten, waren sie großzügig und ermöglichten uns eine erste Wohnungseinrichtung. Als die Kinder krank waren, lösten sie uns am Bett ab. Als Lisa und Benni noch sehr klein waren, kochte sie für uns Marmelade. Und wenn sie merkte, dass Petra mal ein bisschen für sich alleine sein wollte, holte sie die Kinder zu sich.

Sie hatte viel Verständnis, als ich damals die Buchhandlung kaufte und jammerte nicht, dass schlechte Zeiten kommen könnten. Sie interessierte sich auch für meinen Hockeyverein oder kam zu den Konzerten unserer Band. Nur einmal hat sie uns widersprochen: als wir einen Teich im Garten haben wollten. Da war ihre Sorge um die Enkel zu groß."

Nun wollte jemand einen Reiseführer von Australien kaufen und das Gespräch war beendet. Seine Gedanken aber blieben bei der Lene und er nahm sich vor: „Ich will nicht vergessen, wie fröhlich sie noch vor Kurzem war. Dass sie immer bei ihrer Arbeit ein Lied summte und für jeden von uns ein gutes Wort, ein Lob oder eine Aufmunterung wusste. Natürlich ist dies alles vorbei - doch ich will das, was Lene so liebenswert machte, nicht vergessen."

8. Kapitel
Opa erinnert sich

Während Lisa in der Schule ein Klassenarbeit schreibt, Benni im Kindergarten einen Turm baut und Manfred zu Petra nach Hause fährt, um Lene ins Bett zu bringen, räumt Opa den Keller auf. Während der aufregenden Zeit mit Oma hatte er viele Arbeiten nicht mehr erledigen konnte und manches stapelte sich unordentlich in Keller und Dachboden.

Neugierig hebt er von einer kleinen runden Schachtel mit rosa Blümchen den Deckel ab. Ein Blick genügt und Opa fängt bitterlich an zu weinen. In seinen Händen hält er das Brautkränzchen seiner Frau, das sie an jenem sonnigen Frühlingstag vor 40 Jahren trug.

Damals waren ihre Haare noch kastanienbraun und die kleinen gelben Röschen hatten wunderhübsch in den Locken ausgesehen. Noch hübscher waren allerdings ihre strahlenden Augen.

Schluchzend drückt er vorsichtig das Kränzchen ans Herz. „Als wäre es gestern gewesen!" Und wie ein Film lief sein gemeinsames Leben mit Lene vor ihm ab.

Es begann in Hamburg an der Alster. Er war nur einen Tag in der großen Stadt und wollte im berühmten Alsterpavillon eine Tasse Kaffee trinken. Viel zu teuer für einen jungen Schaffner, der jeden Pfennig für ein Motorrad aufs Sparbuch brachte. Weil alle Tische besetzt waren, wollte er grade wieder gehen.

Da rief eine helle Stimme: „Bei mir ist noch frei! Ich warte auf niemanden!" Verblüfft schaute es das junge Mädchen an, das ihn so mutig angesprochen hatte.

Es dauerte nicht lange, und der schüchterne Walter verliebte sich in die forsche Hamburgerin. Immer öfter machte er ein paar Stunden Pause in der Alsterstadt. Irgendwann griff er schüchtern im Hirschpark nach ihrer Hand und auf einer schaukelnden Elbbarkasse legte er seinen Arm um sie.

Den ersten Kuss gab er ihr auf dem Dom, der Hamburger Rummelplatz. Und dort, bei Zuckerwatte und gebrannten Mandeln beschlossen sie, dass ihr Leben von nun an immer so süß sein sollte.

Lene zog zu ihm nach Göttingen, sie fanden eine kleine Wohnung mit Ausblick auf die Leine, die glänzend durch die Stadt floss und Lene fühlte sich ein wenig wie in Hamburg. Ob Leine oder Elbe, das war ihr egal.

Sie würden bald ein Kind bekommen. Das war viel wichtiger.

Der Film in Opas Kopf lief weiter: die Geburt von Klaus und Petra, der erste kurze Urlaub in den Alpen. Der Umzug nach Tübingen. Dieses Mal gab es ein kleines Haus mit Blick auf den Neckar.

Seine frische, junge Frau behielt ihre gute Laune. Nie gingen ihr die Nerven durch, nie jammerte sie über teure Lebens-mittel oder durchgewetzte Hosen. Sie freundete sich mit den Nachbarn an und ging zum Kirchenchor.

Als die Kinder größer waren, schenkten sich Lene und Walter zu Weihnachten ein Theaterabonnement. Walter meinte, ihr Parfüm zu riechen, das sie an solch besonderen Abenden aufsprühte. Er sah sie einen Hügel hinabrennen und ein ausgebüxtes Huhn fangen, er sah Lene mit einem riesigen Strauß von Sonnenblumen im Abendrot und mit Schlittschuhen auf dem zugefrorenen Anlagensee. Er sah sie mit frischem Gemüse vom Wochenmarkt kommen und aufmunternd an seinem Krankenhausbett sitzen.

Und dann sah er sich selbst. Mit einer Rose, an ihrem 40. Hochzeitstag. Stumm neben ihrem Schaukelstuhl. Das Wort Hochzeitstag ist zu schwer geworden für Lenes Kopf und sie weiß auch gar nicht mehr, dass sie verheiratet ist. Aber er, er weiß es. Er wird es nicht vergessen. Hoffentlich.

Behutsam legt er das Kränzchen zurück und bringt die Schachtel ins Treppenhaus. Er legt sie neben die kleine Gänseblümchenvase. Dann lächelt er wieder.

9. Kapitel
Benni läuft weg

Tobi, Robin und Benni sind Freunde. Dicke Freunde. So oft es geht, sind sie miteinander unterwegs. „Die Unzertrennlichen" werden sie schon genannt. Manchmal kracht es auch zwischen ihnen, aber nur kurz.

Heute wollen sie im Park Federn sammeln für einen Traumfänger, den sie ihren Müttern für Weihnachten basteln wollen. Das ist sehr wichtig, das kann man nicht verschieben. Weihnachten ist schon in vier Monaten!

Und ausgerechnet jetzt kommt Mama und fordert: „Benni, ich muss zum Zahnarzt. Lisa hat Nachmittagsschule. Papa kann nicht von der Arbeit weg. Also musst du auf Oma aufpassen. Eine Stunde nur. OK?"

Sie sagt das in genau jenem Ton, dass Benni weiß: es gibt kein „Nein". Er versteht es auch. Zahnschmerzen, Zahnarzt - das ist wichtig. Aber Federn sammeln auch. Benni sagt nichts, aber er ist total sauer.

Als Robin und Tobi klingeln, schimpft er ziemlich laut. Robin zuckt mit den Schultern: „Kannst ja nachkommen. Wir sind am Teich." Und Tobi sagt: „Immer deine Oma. Wie ein Baby. Haha, Benni, der Babysitter." Dann rennen sie die Treppe runter und sind weg.

Benni geht zurück. Er nimmt Oma die volle Gießkanne weg und die scharfe Schere. Dann geht er in sein

Zimmer. Er starrt aus dem Fenster und sieht eben noch seine Freunde zwischen den Kastanien verschwinden. Benni fühlt sich total schlecht. Und ungerecht behandelt. „Immer ich!" denkt er sauer.

Je länger er darüber nachdenkt, desto wütender wird er. Er vergisst, dass es wirklich ein Notfall war. Dass Mama ihn sehr selten um so etwas bittet. Und er vergisst, dass sie an der Haustür gesagt hat: „Ich bin froh, dass ich schon so einen großen Jungen hab!"

Zornig wirft er seine Autos gegen die Wand und trampelt auf seinem Kuschelkissen rum. Er kümmert sich kein bisschen um Oma. Dabei könnte er mit ihr ein Video anschauen. Oder ein Bilderbuch. Oder aus dem Fenster gucken. Das könnte man alles zu zweit machen.

Plötzlich kriegt Benni Lust auf eine Wasserbombe. So eine ganz kleine. Nur um jemand unterm Fenster zu erschrecken. Er schleicht mit seinem Luftballon zum Badezimmer. „Oh nein!" ruft er entsetzt und es klingt haargenau wie bei Mama.

Der ganze Fußboden ist voll Wasser. Wo kommt das her? Aus dem Badezimmer! Benni reißt die Tür auf. Drin steht Oma. Glücklich strahlend patscht sie einen Berg von Handtüchern im überlaufenden Waschbecken herum. Alles ist nass. Natürlich auch die Oma. Alles klar: Oma arbeitet mal wieder.

Wo soll er nur anfangen? Den Boden wischen? Die Oma raus holen? Nein, erst mal das Wasser abdrehen.

Kaum fasst er den Wasserhahn an, beginnt Oma zu schreien. Ihr Schrei mischt sich mit dem von Mama, die eben in diesem Moment vom Zahnarzt zurück kommt. Mit einem Blick sieht sie, was los ist. Sie begreift auch, dass Benni nicht auf Oma geachtet hat. Traurig schaut sie ihn an: „Ich dachte, ich könnte mich auf dich verlassen!" sagt sie leise.

Da rennt Benni weg. Raus zur Tür, runter die Treppe, ans Ende der Welt. Doch zuerst mal in den Park. Dort setzt er sich auf einen umgestürzten Baumstamm. Auf Tobi und Robin hat er jetzt auch keine Lust mehr.

Immer die Oma. „Blöde Oma!" sagt er. Zuerst leise, dann immer lauter. Beim letzten Mal brüllt er es richtig. Erschreckt huscht eine Amsel neben ihm weg. Fühlt er sich nun besser?

Nein. Seine Wut ist zwar vorbei, aber merkwürdig: er weiß nicht mehr, weshalb er eigentlich wütend war. Auf Mama? Auf Oma? Und dann merkt er: ich bin ja auf mich selbst wütend. Ich hab Blödsinn gemacht. Ich hab mich benommen wie ein dummer kleiner Junge. Dabei bin ich schon vier!

Auf einmal tut ihm ganz tief innen was weh. Und er kann nicht mehr richtig schlucken. Sein Hals wird ganz eng. Und dann rennt er los. Nach Hause. Zu Mama. Und zu Oma. Wie gut, dass er niemandem gesagt hat, dass er eigentlich bis ans Ende der Welt abhauen wollte.

„Fehler machen darf man," sagt Papa immer. „Aber jeden nur ein Mal."

„Hinfallen darf man," sagt Opa. „Aber man muss wieder aufstehen." Jetzt versteht Benni, was das bedeutet. Und es kommt ihm vor, als sei er ein Stückchen gewachsen.

10. Kapitel
Lisa läuft weg

Lisa hat bald Geburtstag. In vier Monaten. Also muss sie dringend eine Geschenkliste und eine Einladungsliste machen. Was soll es für Kuchen geben? Wie soll sie ihr Zimmer schmücken? Die Liste wird lang und länger. Lisa ist mit Feuereifer am Schreiben und bemerkt gar nicht, dass Mama ins Zimmer kommt.

„Bist du noch nicht mit den Hausi fertig?" Dass Mütter immer nur an Hausaufgaben denken können!

„Doch, schon lange. Ich überlege, wen ich zum Geburtstag einlade."

„Ach Lisa!" Mama setzt sich müde auf Lisas Bett und nimmt den großen Teddy auf den Schoß. Grad, als ob Mama ein kleines Kind wäre und Trost bräuchte. Komisch sieht das aus.

„Ach Lisa!" sagt sie noch mal und seufzt. „Wer weiß, was bis dahin ist? Wie soll das dann mit Oma werden?"

Ehe Mama weiter sprechen kann springt Lisa auf.

„Oma, Oma, Oma. Was anderes hört man in diesem Haus doch nicht mehr. Ich bin auch noch da!" Wütend rennt sie weg, schlägt so laut sie kann die Tür zu und trampelt - auch so laut sie kann - die Treppe runter.

„Ich hab bald keine Lust mehr auf Oma!"

„Wenn die immer nur nach Oma fragen, brauchen sie mich ja nicht mehr!" So Schreckliches denkt Lisa. Und es wird noch schlimmer: „Die haben die Oma lieber als mich!" Und dann denkt sie das Schlimmste: „Wahrscheinlich wären sie froh, wenn ich weg wäre!"

Und weil diese Vorstellung so traurig ist, beginnt sie zu weinen. Beinahe scheint es, als ob sie niemals mehr aufhören könnte zu weinen. Als ob alle Tränen ihres Lebens genau jetzt raus wollten. Vor lauter Tränen sieht sie nicht, wohin sie läuft und stößt mit einem Kinderwagen zusammen.

„Au!" schreit sie laut. Jetzt hat sie noch einen Grund für ihre Tränen,denn das Sonnenschirmchen hat Lisa ziemlich fest in ihren Bauch gepiekt.

Die junge Frau, die den Kinderwagen schiebt, bekommt einen Schreck. Sie weiß ja nicht, dass Lisa vorher schon geweint hat und meint, das Mädchen hätte sich ernstlich verletzt. Sie weiß auch nicht, dass Lisa nicht aufgepasst hat. Sie meint, es wäre ihre Schuld gewesen.

Deshalb hat sie ein schlechtes Gewissen. Sie nimmt Lisa in die Arme, versucht sie zu trösten und herauszufinden, wo es am Meisten weh tut. „Da!" schluchzt Lisa und zeigt auf ihr Herz. Das ist nicht geschwindelt. Die junge Mutter erschrickt fürchterlich. „Sollen wir den Krankenwagen rufen?"

Das wäre toll! Sie würde mit dem Krankenwagen in die große Klinik fahren und in ein weißes Bett liegen. Alle würden kommen und sich um Lisa kümmern. Alle würden sich Sorgen um sie machen. Alle würden sie pflegen und trösten.

Sie würde Bücher und Schokolade bekommen und keiner hätte mehr Zeit für Oma! Endlich würde Mama sich wieder um ihr Lisamädchen kümmern.Lisas Tränen werden weniger. Doch plötzlich wird ihr gleichzeitig heiß und kalt.

Vielleicht hätte die Familie vor lauter Oma keine Zeit für Lisa? Und sie müsste dann alleine ohne Besuch und ohne Schokolade im Krankenhaus liegen? Lisa weint wieder mehr.

Nun weint das Baby im Kinderwagen auch. Dann beginnt die Mutter des Babys auch noch zu weinen. Alles ist ziemlich chaotisch.

Plötzlich spürt Lisa einen Arm um ihrer Schulter und eine vertraute Stimme sagt: „Was ist denn hier passiert? So viele Tränen? Braucht man hier vielleicht einen Robin Hood?"

Es ist Papa! Er hatte genau in diesem Haus einem Kunden eine Bücherkiste gebracht - welch ein Zufall! Oder doch kein Zufall? War Papa nun ihr Held und Retter? Unter Tränen erzählten Lisa und Bettina - so hieß die junge Frau nämlich - ihre Geschichte.

Und Papa, dem nichts weh tat und der nicht weinen musste, blieb ganz ruhig: „Jetzt geben Sie mir Ihre Telefonnummer und ich kümmere mich um meine Tochter. Heute Abend rufe ich Sie an, und erzähle Ihnen, wie alles ausgegangen ist. Jetzt gehen Sie erst mal nach Hause und beruhigen Sie sich. Ich glaube, es sieht schlimmer aus, als es ist!"

Bettina wischt sich die Nase ab, bedankt sich und läuft mit ihrem brüllenden Baby weiter. Lisa aber schmiegt sich an Papa. Der hebt sie hoch und setzt sie ins Auto. Wie ein kleines Mädchen. Ach, ist das schön! „Buchhandlung oder Cafe?" „Ich hab eine rote Nase - so kann ich doch nicht ins Cafe!" jammert Lisa. „Ach ihr eitlen Frauen!" lacht Papa und hält wenige Minuten später vor ihrem Familien-Lieblings-Eiscafe. „Wie immer?" fragt Tino. „Wie immer," nickt Papa.

Als Lisa ihr Spaghettieis löffelt, kommen noch einmal die Tränen, aber nur noch ein letzter Rest. Jetzt kann sie erzählen. Vom Kinderwagen. Von ihren Tränen. Von ihrer Wut. Von der Geburtstagsliste. Papa nickt. Er sagt nichts. Ist er böse? Lisa weint gleich wieder lauter.

„Hör auf, Lisa. Ich verrate dir ein Geheimnis. Aber es ist wirklich geheim, ja?"

Papa hat ein Geheimnis? Na so etwas! Und er will es mit ihr teilen? „Weiß es Mama?" fragt sie. „Nein."

Dann kann es kein neues Baby sein.

„Nein, es wäre unser Geheimnis. Wir würden es niemand verraten." Lisa kommt sich sehr groß vor. „OK. Fang an."

„Tino - bitte noch einen Milchkaffee für mich - heut brauch ich zwei!" bestellt Papa. Und dann kommt das Geheimnis.

11. Kapitel
Papa läuft weg

„Weißt du noch, als du vor zwei Wochen bei Sarah übernachtet hast und Benni bei Tobi war?" Klar weiß Lisa das noch. „Ich hab ja keinen Alzheimer!" Oh - das war böse. Oder frech. Oder beides.

Doch Papa sagt nur: „Stimmt. Du hast keinen Alzheimer. Siehst du, da ist das Wort schon wieder. Aber Oma hat Alzheimer. Gestern. Heute. Morgen. Und auch an unserem Hochzeitstag. Der war nämlich damals." Papa rührt gedankenverloren ins seiner Tasse.

„Hochzeitstag. Weißt du, das bedeutet Romantik. Rote Rosen. Ein kleines Geschenk. Vielleicht ein halber Tag Urlaub. Essengehen am Abend. Sich an früher erinnern. Ein bisschen mehr als sonst flirten. Ein bisschen in Erinnerungen schwelgen. Ein bisschen Pläne machen. Verstehst du das?"

Klar. So was versteht Lisa, auch wenn sie selbst noch viel zu jung ist, um verliebt zu sein. „Und, wie habt ihr gefeiert?" fragt Lisa neugierig. „Oder ist das schon das Geheimnis?" „Nein, das ist leider überhaupt kein Geheimnis!" Papa nimmt einen langen Schluck.

„Also, Lisamädchen, pass auf. Ich kam ganz pünktlich von der Arbeit heim. Mit Rosen. Und Sekt. Ein kleines Geschenk hatte ich schon lange besorgt. Und ich hatte wirklich gute Laune. Mama war im Badezimmer.

Aber nicht, um sich zu schminken und feines Parfüm drauf zu tun. Nein, um Oma zu waschen, die vergessen hatte, auf Toilette zu gehen." Lisa nickte wissend. Das kam in letzter Zeit öfter vor.

„Also hab ich die Rosen in eine Vase und den Sekt in den Kühlschrank gestellt. Ich hab mich umgezogen und gewartet. Auf Mama. Auf Oma. Und auf Sabine."

Sabine ist eine Freundin von Mama, sie ist Altenpflegerin und hilft manchmal bei Oma mit.

„Sabine sollte nämlich auf Oma Acht geben, damit wir ins Restaurant gehen können. Ganz romantisch. Damit Mama nicht kochen muss. Verstehst du?" Klar, so was versteht Lisa. Mama kann sich ja nicht selbst ein Hochzeitstag-Essen kochen.

„Tja, und dann rief Sabines Mann an. Aus der Klinik. Das Baby sei heute Mittag geboren worden. Viel zu früh. Es müsse im Brutlasten liegen, weil es noch sehr klein sei."

Papa seufzte tief. „Ich konnte das ja verstehn, aber ehrlich: ich war auch sauer. Ausgerechnet heute! Jemand anderen kann man mit Oma nicht alleine lassen. Und Opa soll wegen seiner Nachtblindheit nicht mehr Auto fahren. Also blieben wir zu Hause."

Lisa streichelte Papas Arm. „Was habt ihr gegessen?" will sie wissen. Papa verdreht die Augen. „Tiefkühlpizza. Notfallessen. Na ja, ein Notfall war es ja wirklich. Zumindest für Sabines Baby." Dann schweigt Papa lange und sieht dabei ein wenig zornig aus.

„Ich mach es kurz. Ich werd nämlich sonst noch mal wütend und das ist nicht richtig. Oma hat noch zwei Mal vergessen, auf den Topf zu gehn. Sie hat nichts gegessen. Sie hat den Wein aufs weiße Tischtuch gegossen. Und die Kerzen umgeworfen. Sie hat eine halbe Stunde lang gebrüllt. Um halb elf schlief Oma endlich ein."

Lisa lächelt erleichtert: „Aber dann habt ihr gefeiert?" Papa lacht. Es ist kein frohes Lachen. „Nein, Mama war nämlich vor Erschöpfung auch eingeschlafen. Und dann hab ich vor Wut eine Dummheit gemacht. Ich bin in die Kneipe an der Ecke gegangen und hab mich betrunken.

Weil Oma uns den Hochzeitstag verdorben hat. Weil Oma immer da ist. Weil Mama immer Zeit für Oma hat. Weil Mama so wenig Zeit für mich hat. Weil ich kaum noch etwas erzählen kann. Weil Mama beim Spaziergang immer die Oma an der Hand nimmt und nicht mich. Weil ich mich so schrecklich einsam und überflüssig gefühlt hab.

Weil ich eifersüchtig war. Eifersüchtig auf eine kranke Frau, die nicht mehr weiß, wer sie ist. Eifersüchtig auf eine Frau, die in einer anderen Welt lebt und mir die meine manchmal nimmt."

Papa schnieft. „Ich hab mich benommen wie ein riesengroßer Dummkopf. Und ich hab zu viel getrunken. Aber ich hab mir so leid getan. Ich dachte, keiner auf der ganzen Welt versteht mich."

Lisa schaut verblüfft ihren Papa an. Ihr Retter und Held - dass er solche Gedanken hat?

„Zum Glück hat Mama so tief geschlafen, dass sie nichts gemerkt hat. Ich glaube, ich hätte mich sonst sehr vor ihr geschämt. Siehst du, das ist mein Geheimnis."

Lisa hat ihr Eis schon lange aufgegessen. Sie gibt Papa einen kalten Kuss auf die Wange und meint leise: „Davonlaufen hilft überhaupt nichts, stimmts? Jetzt gehst du in die Buchhandlung und ich geh wieder heim zu Mama und Oma."

Neben dem Eiscafe ist eine Gärtnerei. Lisa und Papa sehn sich an. Sie lächeln. Dann kaufen sie einen Strauß mit roten Rosen. Für Mama. Und einen mit gelben Rosen. Für Oma.

12. Kapitel
Mama will weglaufen

„Nein Sabine, ich kann nicht mit dir und dem Baby spazieren gehen. Meine Mutter ist heut gar nicht gut drauf." Mama legt den Hörer auf.
Lisa weiß, dass Mama sehr gerne Tinchens Kinderwagen schieben möchte. „Geh doch Mama, nur ein bisschen, ich bin ja da." Mama schüttelt den Kopf.
„Ich geh lieber die Wäsche aufhängen, die ist auch schon seit drei Stunden fertig." Aber Lisa weiß, dass Mama sehr gern mit Tinchen und Sabine durch den Park schlendern würde.
Lisa weiß auch, dass Mama heute Morgen lange vor ihrem Kleiderschrank gestanden und ihn am Ende zuge-knallt hat. Sie weiß auch, dass Mama selbst mit der Schere an ihren Haaren rumgeschnippelt hat. Und sie weiß, dass Mamas Freundinnen das Kaffeekränzchen bei Britta machen. Weil hier ja Oma ist. Und weil Oma stört.
Lisa weiß Vieles. Wenn man zehn Jahre alt ist und gute Augen und gute Ohren hat, bekommt man in seiner Familie schon ziemlich viel mit. Lisa hört, wie Mama zu Benni sagt: „Lade doch deine Freunde ein, Besuch ist doch soo schön!"
Sie hört auch, wenn Mama zu Papa sagt: „Nein, Manfred, den Kegelabend lässt du nicht ausfallen. Es ist wichtig, dass du mal hier raus kommst!" Und sie

hört, wenn Mama zu ihrer eigenen Mutter sagt: „Ach Mama, so ein Mittagsschläfchen ist doch einfach was Herrliches!"

Doch Lisa hört nicht alles. Sie hört nicht, dass Mama beim Bäcker kein Schwätzchen halten kann, weil Oma allein zu Hause ist. Sie hört nicht, wie Frau Maier zu Frau Schulze sagt: „Petra gönnt sich auch gar nichts mehr, die versauert noch total!"

Sie weiß auch nicht, dass die Lehrerin gesagt hat: „Frau Kaufmann, haben Sie eigentlich keine Zeit mehr für Ihre Kinder?" Sie hat auch nicht gehört, dass die Freundinnen über Mama sagen: „Mit der kann man gar nichts Interessantes mehr reden!"

Lisa hat auch nicht gesehen, dass Mama die Postkarte, die Schröders von Mallorca geschickt haben, in ganz kleine Fetzelchen zerrissen und in den Mülleimer geworfen hat.

Lisa hat auch nicht mitgekriegt, dass Mama im Kino eingeschlafen ist und 7 Euro für einen Film bezahlt hat, den sie gar nicht gesehen hat. Lisa weiß auch nicht, dass Mama in der vergangenen Woche zwei Mal eine rote Ampel übersehen hat. Lisa kann nicht Gedanken lesen. Kann ja niemand.

Was aber denkt Mama beim Wäsche aufhängen? „Ach, wie tut mir doch der Rücken weh! Meine Mutter wird immer schwerer. Und ich werde immer müder. Ich würde so gerne mal wieder ein wirklich schönes Buch lesen oder eine Stunde allein sein.

Mich mit jemandem über was irrsinnig Wichtiges unterhalten. Ins Cafe sitzen. Einen neuen Pulli kaufen. Mit Manfred ein Wochenende allein verbringen. Ich möchte so gern mal ungeduldig sein und rumjammern und meckern.

Ich möchte nicht immer nur zuhören, ich möchte auch was Neues zu erzählen haben. Ich möchte gern wieder klein sein. Dann könnt ich einfach weinen, jemand würde mich auf den Arm nehmen und trösten. Aber ich, ich muss ja immer die Große, Starke, Tapfere sein.

Ich muss immer lächeln und auf Alles eine Antwort wissen. Ich muss immer Kraft haben. Dabei fühle ich mich so schwach, dass ich mitten auf der Treppe einschlafen könnte.

Am Liebsten würde ich davon laufen. Nur für einen Monat. Nein für eine Woche. Oder für einen Tag. Ja. Ein Tag, das wäre schön. Aber ich kann nicht weglaufen. Alle brauchen mich. Was würden sie ohne mich tun?"

Mama nimmt die Handtücher aus dem Trockner, faltet sie ordentlich zusammen und beginnt müde mit der ersten Treppenstufe. „Ja, Benni, ich komm doch schon!" ruft sie. Ganz leise. So leise, dass Benni es kaum hört.

Und dann kippt sie einfach um.

13. Kapitel
Was ist ein Müttergenesungsheim?

Lisa und Benni kennen Doktor Wieland schon ihr ganzes Leben, deshalb sitzen sie bei ihm auf dem Schoß und lassen sich trösten. Sie waren ziemlich erschrocken, Mama so still auf der Treppe liegen zu sehen.

„Eure Mama arbeitet zu viel. Sie ist einfach fürchterlich müde und hat keine Kraft mehr," erklärt er ihnen. Da verstehen die Kinder: „Genau so war es bei Opa auch! Deshalb ist Oma doch zu uns gezogen." Sie werden still. Zuerst kippt Opa um und nun Mama - was soll jetzt werden? „Sollen wir einen Kaffee für Mama kochen?"

„Nein, ich fürchte, eure Mama braucht nichts, das sie weckt. Eure Mama braucht viel Ruhe und Schlaf." Lisa denkt nach: „Das hat sie hier aber beides nicht. Oma braucht bei Tag und Nacht Hilfe. Na ja, wir auch. Aber vor Allem Oma." Dann schweigen alle drei.

„Der Oma kann man nicht sagen, dass sie nachts nicht aufstehn darf. Das begreift sie nicht" erklärt Benni dem Hausarzt. „Das hab ich mir auch schon gedacht," nickt dieser. „Dann müssen wir eure Mama in Urlaub schicken!"

Jubelnd springen Lisa und Benni von seinen Knien. „Oh ja, an den Gardasee. Oder nach Frankreich! Oder an die Nordsee. Dann bauen wir Sandburgen und gehn Eis essen! Und wir achten drauf, dass Mama nicht zu viel arbeitet! Das wird toll!"

Nur Lisa hat Bedenken: „Es sind doch aber keine Ferien - ob ich da so einfach weg kann?" Doktor Wieland lächelt ein wenig. „Ach Lisa. Du bist doch nicht müde - deine Mama ist müde. Du brauchst keinen Urlaub - nur die Mama!"

Lange sagt niemand was. Dann beginnt Benni zu schniefen. „Du willst uns die Mama weg nehmen?" Wieder nickt der alte Arzt. „Ja, das muss ich wohl, wenn ich ihr helfen will." Jetzt weinen beide Kinder.

Sie verstehen die Welt nicht mehr. „Wer weint denn da so laut? Ihr weckt mir noch die Mama auf!" Papa ist ein wenig ungehalten. Die Geschwister berichten ihn von den schrecklichen Plänen des Arztes.

„Das ist nicht schrecklich," sagt Papa ernst. „Das ist eine wirklich gute Idee und die einzige richtige Lösung!"

Entsetzt schauen Lisa und Benni ihren Vater an. Sie hatten gehofft, dass er ihnen hilft - und nun will er die Mama auch wegschicken. „Kinder! Seid doch vernünftig! Ihr habt die Mama doch lieb? Deshalb müssen wir jetzt an Mama und nicht an uns denken."

Lisa denkt wirklich nach. Dann erschrickt sie: „Papa - das geht ja immer so weiter. Wenn Mama weg ist, musst du arbeiten, bis du müde bist und umkippst. Und dann gehst du ins Mütterheim und wir sind ganz allein!" Wieder weint sie.

Papa schmunzelt: „Also erst mal denke ich, dass ich dann in ein Väterheim komme. Zweitens kann ich gar nicht Mamas Arbeit übernehmen, denn ich muss in die Buchhandlung. Und drittens wird euch niemand alleine lassen, versprochen!"

Wie gut, dass Doktor Wieland sich auskennt: „Ihr bekommt eine nette Ersatz-Mutti..." „Für unsere Mami gibt es keinen Ersatz!" rufen die Kinder empört und viel zu laut. „Pscht!" ermahnen beide Männer gleichzeitig. Doch zu spät. Mama ist trotz der Beruhigungsspritze wieder wach geworden. Sie ist immer noch ganz weiß im Gesicht.

Eine Stunde später ist alles besprochen. Mama möchte tatsächlich in solch ein Mütterheim. Müttergenesungsheim heißt es richtig. Genesung heißt gesund werden. Das wissen Benni und Lisa inzwischen.

Zwei Wochen lang wird von der Nachbarschaftshilfe jemand kommen - keine Ersatzmutti, nur die Frau Lehmann. Und von der Sozialstation soll Schwester Andrea helfen. Sie übernehmen Mamas Arbeit. Und helfen bei den Hausaufgaben.

In der dritten Woche reisen Lisa und Benni auch an die Nordsee. Sie bekommen dort ein eigenes Zimmer im Kinderhaus. Dort gibt es Besuchszeiten, damit sie ihre Mama sehen können. Aber: nicht zu viel und nicht zu oft.

Denn Mama soll schlafen und schwimmen. Sie wird Massagen bekommen und joggen gehen. Vielleicht mag sie malen oder tanzen. Mama soll sich ausruhen dürfen und auch Spaß haben. Nur so kann sie wieder Kraft bekommen.

Das klingt alles sehr vernünftig. „Und wie lange hält deine Kraft?" fragt Benni plötzlich. „Wie meinst du das?" wollen die anderen wissen. „Na ja, wenn deine Kraft in vier Wochen wieder leer ist - müssen wir dann wieder dem Doktor Wieland telefonieren?"

Da weiß keiner nur der alte Arzt eine Antwort: „Dann soll Frau Lehmann eben weiterhin helfen und sich die Arbeit mit der Mama teilen. Doch bis dahin hat es noch vier Wochen Zeit!"

14. Kapitel
Keine schöne Überraschung

Seit einer Stunde sitzen Mama, Papa und Opa in der Küche. Sie haben scheinbar sehr ernste Dinge zu besprechen. Und sie sind dabei nicht einer Meinung. Papa sagt ständig: „Nein, das kommt nicht in Frage!" und „Nein, das will ich nicht!"

Opa antwortet dann: „Doch, Manfred, es ist vernünftig" oder „Aber ich will es." Mama sagt gar nichts, aber sie weint. Was gibt es so Aufregendes zu reden? Lisa und Benni sehen sich hilflos an. Als sie beim Gute-Nacht-Kuss mit Papa drüber sprechen wollen, wehrt er ab: „Ach, dummes Zeug! Ich will nicht darüber reden! Vielleicht morgen."

Morgen soll Oma wiederkommen. Als Lisa und Benni bei Mama im Müttergenesungsheim waren, machte Oma auch „Urlaub". Mit Frau Lehmann und Schwester Andrea war Oma Lene nämlich überhaupt nicht zurecht gekommen. Deshalb war sie ins Haus Regenbogen gezogen. Nur für zwei Wochen.

Das Haus Regenbogen ist wie ein Mütterheim für Omas. Es gibt auch Opas dort. Benni findet alle sehr sehr alt und Lisa hat Mitleid mit ihnen, weil sie in Rollstühlen sitzen und fast nichts mehr alleine machen können.

Jeder hat sein eigenes Zimmer und es gibt einen großen Speisesaal mit Fernsehgerät - das findet Benni super. Morgens kommt eine Schwester und macht Spiele mit den Leuten, die im Haus Regenbogen leben. Sie singen und Basteln, sie gehen spazieren. Das gefällt wiederum Lisa. Und jeden Tag gibt es Nachtisch. Das finden sie beide prima.

Opa sagt, dass es Oma Lene auch gefällt. Er konnte sie dort besuchen, so oft er wollte. „Mit dem Bus war es nur drei Haltestellen weit und laufen muss ich überhaupt nicht, der Bus hält genau vor der Tür."

Am nächsten Mittag rennt Lisa so schnell sie kann von der Schule zum Kindi. Sie freuen sich so sehr, Oma wiederzusehen. Doch - die Wohnung ist leer.

„Oma?" Laut rufend laufen sie durch die Zimmer. Auf dem Sofa sitzt Mama mit rotgeweinten Augen. „Mama, was ist passiert?" und schon sitzen sie rechts und links auf dem Schoß. Mama schnieft in ihr Taschentuch.

„Opa will Oma nicht mehr zu uns bringen. Sie soll im Haus Regenbogen bleiben." Nun ist es heraus! Das haben die Erwachsenen also besprochen.

„Nie wieder?" Benni fängt an zu schluchzen und auch Lisa merkt, dass in ihrem Hals ein dicker Kloß steckt. „Es war doch nur als Urlaub?"

Und dann hat Lena einen schrecklichen Gedanken: „War Opa nicht zufrieden mit uns? haben wir etwas falsch gemacht?" Und Benni hört auf zu weinen: „Ist es, weil ich nicht genug mit ihr gespielt hab? Weil sie damals das Badezimmer nassgemacht hat?"

„Nein Kinder, Opa will nur das Beste für uns," beginnt die Mutter. „Das Beste für uns ist aber die Oma!" rufen Lisa und Benni gleichzeitig. Mama lächelt unter Tränen.

„Vielleicht sollten wir sie nach dem Mittagessen einfach besuchen gehen?"

15. Kapitel
Haus Regenbogen

Von außen sieht es recht hübsch aus. Ein großes altes Gebäude mit hohen Fenstern und bunten Vorhänge. Ein kleiner Park mit vielen Sitzbänken ist vor der Tür. Auch drin ist alles bunt und fröhlich. „Wie ein Kindergarten!" denkt Lisa.

SEPTEMBER steht in großen Buchstaben an der Wand. Ein Apfelbaum und Sonnenblumen kleben daneben. Von der Decke baumelt ein Mobile mit verschiedenen Früchten. Vielleicht kann Oma hier die Namen wieder lernen?

Doch dann verwandelt sich der Kindergarten in ein Krankenhaus - überall laufen nämlich Schwestern mit weißen Mänteln herum. Sie sehen nett und fröhlich und sehr beschäftigt aus. Manche tragen Saft, andere schieben einen Rollstuhl. Ein junger Mann führt einen alten Mann an der Hand. Sie gehen ganz langsam.

„Dort ist der Aufenthaltsraum," zeigt Mama. „Vielleicht sitzt Oma bei den anderen Bewohnern?" Hier gefällt es Benni - weil in der Ecke ein Fernseher steht. Auf den Tischen liegen bunte Zeitschriften und Spiele. Überall stehen Blumentöpfchen oder kleine Tierchen. Also doch kein Krankenhaus?

Aber die Menschen an den Tischen sehen krank aus. Eine Frau schläft in ihrem Rollstuhl und schnarcht. Eine andere wiegt sich hin und her und brabbelt leise unverständliche Worte. Neben ihr sitzt eine Dame, die mit der Faust auf den Tisch schlägt und schreckliche Wörter dabei schreit.

Lisa bekommt Angst, sie will hinaus und zieht Mama kräftig an der Hand. Auch Mama sieht nicht mehr ganz so fröhlich aus wie vorher. Gemeinsam holen sie Benni von dem Tierfilm weg.

Sie gehen den Flur entlang und betrachten die bunten Schilder an den vielen Zimmertüren. An manchen sind Fotos von den Menschen, die darin leben. An Anderen Tiere oder eine Blumenwiese. An Allen steht in großen Buchstaben ein Name.

„Da! Oma!" freut sich Benni. Ganz klar, da ist Omas Zimmer. Hier ist sie auf einem Foto zu sehen, das Papa vor drei Jahren bei einem Besuch im Zoo geknipst haben. Benni sitzt im Kinderwagen und Lisa hat eine Tüte Popcorn in der Hand.

„Also..." sagt Mama und atmet tief ein. Dann klopft sie leise an die Tür. „Das hört Oma doch nie!" Benni haut mit der Faust dagegen und stürmt auch gleich hinein. „Oma?"

Und da sitzt sie. In ihrem Lehnstuhl von zu Hause. Auf dem Tisch steht Lisas Gänseblümchenvase. An den Wänden hängen Fotos von der Familie. Am Fenster steht Opa und gießt die Blumen. Ein richtiges kleines Zuhause. Lisa mag es gleich.

Sie kuscheln sich ganz dicht an Oma und streicheln sie. Benni singt ihr das Lied vom spannenlangen Hansel vor, das er im Kindergarten gelernt hat. Aber Oma schaut immer nur an die Wand. Sie sagt nichts, sie lächelt nicht. Aber sie liegt auch nicht krank im Bett.

Als sich Mama, Benni und Lisa eine Stunde später verabschieden, sind sie traurig. Sie wissen zwar, dass Oma hier gut versorgt ist - aber es ist ein schwerer Abschied. Oma bekommt ihr Essen nun im Pflegeheim. Sie kann hier Gymnastik oder Spiele machen, hier gibt es einen Friseur und einen Arzt. Ein mal im Monat gibt es einen frohen Nachmittag mit Musik und Tanz. Eigentlich ist alles in Ordnung - und trotzdem müssen sie alle vier weinen. Es ist einfach zu traurig.

Nach dem dritten Taschentuch schnieft Mama: „Kommt, wir wollen vernünftig sein. Oma hat schon lange ein neues Leben in einer Welt ohne uns. Und deshalb ist sie auch in einem neuen Haus. Das ist schon in Ordnung. Eigentlich hat Oma schon lange Abschied von uns genommen. Nur wir können das noch nicht."

Dann kaufen sie sich ein Eis in der Waffel und setzen sich in Omas neuen Park. Ohne Oma. Das ist traurig und deshlab mag auch keiner lachen oder Späße machen. Plötzlich sagt Benni ganz leise: „Oma hat mich vergessen - aber ich vergesse Oma nie!"

Und dann drückt er Opa ganz fest die Hand.

Weitere Bücher und CDs für Kinder und Erwachsene unter
www.sommer-wind-verlag.de